KB064321

가을과 겨울 길목에서 너를 그리다

2018 장애인 창작집 발간지원 사업 선정 작품집

가을과 겨울 길목에서 너를 그리다

1쇄 발행일 | 2018년 12월 31일

지은이 | 이동준
펴낸이 | 정화숙
펴낸곳 | 개미

출판등록 | 제313 – 2001 – 61호 1992. 2. 18
주소 | (04175) 서울시 마포구 마포대로 12, B-108호(마포동, 한신빌딩)
전화 | (02)704 – 2546
팩스 | (02)714 – 2365
E-mail | lily12140@hanmail.net

값 10,000원

주최 | 대한민국 장애인 창작집필실
주관 | 장애인인식개선오늘(고유번호 305-80-25363. 대표 박재홍)
심사 | 발간지원 사업 심사위원회
후원 | 대전광역시, 대전문화재단, 갤러리예향좋은친구들, 문학마당, 한국장애인
　　　 문화네트워크, 드림장애인인권센터, (사)한국복제전송저작권협회, (주)삼
　　　 진정밀, 대전광역시버스사업운송조합, (주)맥키스컴퍼니, 대전청소년위캔
　　　 센터, 주성테크, (주)파츠너

문의 | **(042)826-6042**

가을과 겨울 길목에서 너를 그리다

이동준 시집

개미

장애인인권헌장 중에 "장애인은 장애를 이유로 정치·경제·사회·교육 및 문화 생활의 모든 영역에서 차별을 받지 아니한다"라고 하는데 '과연 그러한가'라고 묻는 발간사를 쓴다는 것이 먹먹합니다.

장애인문학창작활동 작품집 발간 지원이 문화체육관광부등록 비영리민간단체이자 대전광역시지정 전문예술단체 《장애인인식개선 오늘》이 민간 주도 사업으로서 전국의 시원이 되어가고 있습니다.

또한 다원예술을 통하여 작곡되어 시극, 가곡, 가요, 무용, 오케스트라, 앙상블, 국악에 이르기까지 접목하여 콘텐츠로 지적재산을 확보하고, 이어서 '7030 대전 방문의 해'인 2019년에는 축제까지 확산 가능한 준비된 전문예술단체로 성장하였습니다.

특히 〈2018년 장애인문화예술 '대전 다다(dada)' 프로젝트A〉란 이름으로 구현한 "함께 나누는 세상을 위하여"—홀로 선 장애인문화예술— 한국조폐공사 공연은 지역사회 공헌을 공기업과 함께 성공리에 마치고 금번 창작집 발간까지 민·관 협치의 사례로 귀중한 경험을 축적하였다는 생각입니다.

앞으로 잊혀진 인문학 자원의 발굴과 재현 그리고 장애인 문학의 새로운 역할과 기능을 통하여 장애인들의 인간다운 삶의 문화예술 향유가 적극적인 인권적 권리로 정착될 수 있도록 노력하겠습니다.

좋은 작가들을 선정해 주신 심사위원들과 숨은 노력으로 고생하신 단체의 임직원 여러분 수고하셨습니다. 그리고 선정된 작가들에게도 진심으로 축하드립니다. 뿐

만 아니라 대전광역시, 대전광역시 의회, (재)대전문화
재단의 노고에 진심으로 경의를 표합니다.

　우리 단체는 앞으로 더욱 분발하여 장애인권리선언의
정신에 따라 장애인의 인권보호 그리고 완전한 사회참여
와 평등을 이루어나가며 자치분권의 장애인과 비장애인
이 더불어 살아가는 사회를 만들기 위한 여건과 환경 조
성에 장애인 인문철학이 바탕이 되도록 노력하겠습니다.

2018년 12월
전문예술단체《장애인인식개선 오늘》
대표 박재홍

걸어온 길과 되돌아보는 길은 어중간한 중반이라 이정
표를 찍는 것은 의미가 있습니다. 감수성이 풍부한 20대
를 지나치는 파도는 열정과 도전들이 떠돌며 지금의 나
를 지켜온 자양분이 되었습니다.

이런 자양분들이 되돌아보는 중에 한 편의 시가 되기
도 하고 실리지 못한 흔적들은 넋두리가 되어 사라졌습
니다.

그럼에도 불구하고 살아남은 시들은 마치 스스로의 속
살을 드러내듯이 객관화되어 부끄러움과 터무니없는 무
지함을 보여줄 수 있겠다 싶습니다.

이는 아직도 내가 모르는 내 생각들의 흐름 속에서 건
져진 우문현답을 독자들과 함께 공감을 공유할 수 있을
수 있지 않을까? 라는 생각에 시라는 형식을 빌어 내보
내게 되었습니다.

2018년 겨울
이동준

가을과 겨울 길목에서 너를 그리다
차례

해설

풀꽃이 그러했듯이 그는 바람보다 먼저 일어섰다

1부

길 위에서

가을과 겨울 사이에서 벼 한 톨이 숙성되어 영글어 갈 때를 보라

숙연해진 내 머리 위로 행간이 떠오르며 바람처럼 지나간다

길목에 서서 계절의 틈새가 망연하게 보인다

바다의 마음

단 한 마리 물고기만이라도 헤아려주는 마음이 있어
눈물을 흘려준다면 바다에서 정화된 햇살 같은 심장이
뛰는 소리를 들려주는 하늘의 배려라는 것을 당신, 어찌
알겠는가

새치

　나의 허물처럼 나에게는 새치가 많다. 사람들의 욕망을 자극해 뽑게 하는 본성을 드러내게 하거나 염색을 하라고 하기도 하는 이유 없는 거부감을 들어낸다.

　부정할 수 없는 것은 나의 삶의 얼룩이 들어있고, 희노애락, 작은 희망의 브릿지처럼 보이기도 하고, 머리에 유독 돋보이는 생각의 결정체 클로버잎처럼 행운의 유니콘의 뿔처럼 느껴지기도 하다.

천둥

하늘이 울음을 터뜨리는 날 억세게 나도 화를 내었고, 시선 속에 거하는 모든 만물에게 경음을 통해낸다.

번쩍과 으르렁이 인간에게 번뇌를 되새김할 수 있다고 말하는지도 모른다 구름과 구름 사이에 맑고 순전한 눈물을 퍼부어 내듯이 쏟아낸다.

향수

　스스로의 유년에 멈춰선 한 아이의 아픔이 예산시장 골목에 맴돌고 있다.

　서로가 얼비치는 철길처럼 시간이 흘렀고, 꿈도 스스로 자라 서로의 꿈에 평행하게 간혹 마주한다.

용기

마음의 싹이 움트고 있다는 것을 알았다 자신감이라는 비료와 고집과 아집이라는 영양분을 만들어 썩어야 비로소 태양이 나타나듯이 나의 짐은 호두처럼 딱딱한 껍질 위에 스폰지처럼 부드러운 살을 덮고서 있는 자격지심을 흐르는 물에 불려 벗겨버리고 딱딱한 골을 깨뜨려 볕 좋은 날 말리고 싶다

가을의 유전

가을에는 가로수 사이에 숨었다 피는 꽃처럼 하늘거리는 연인이 살아온다 추억이라도 좋고 가련한 실패사의 연애담이라도 좋다

가지에 매달린 나뭇잎들이 제 색의 빛을 발할 때 선연한 진실이 드러나는 이야기에 대하여 더 이상의 궁금증은 없다

가을이 오면 거리에 사람들은 원기 충전을 위해 잠드는 마법이 통하지 않게 하는 불면의 어둠을 내어놓는다

가을이 오면 다음을 기약하기보다는 오늘에 절망하는 관습법적인 유전적 정보가 있다

세상이 아무리

아무리 나에게 무겁게 짊어져야 할 짐이 있다고 해도 곧은 적송처럼 꼿꼿하게 서 있을 것이라고 다짐하였습니다

세상이 나에게 아무리 엄한 눈길을 주어도 담담하게 마주하여 있을 것을 생각하였습니다

고통은 꿈을 외면해도 용기는 굵은 장대비처럼 오늘을 살기에 나의 다짐은 실존적이요

My Friend

　나의 친구는 삶에 대한 고통으로 다른 세상을 꿈꾸던 청년이었습니다

　나의 친구는 세상에 찌든 때 묻지 않은 채 단지 세상의 불균형으로 인하여 나의 친구는 세상의 단 하나 뿐인 흰 손수건을 가지고 있으면서 검은 손을 씻어주던 그 친구가, 세속인들에게 외면당하는 친구가 되어 어디쯤 가고 있을지 안부를 묻습니다

무제

Coffee shop에서 나오더니, 췌!
걷다가 골똘히 생각하더니만
차!

또, 잠시 섰다가 막연히 생각하다
다시 한 번 췌!

스무 해를 지나던 어느 날
이제 그만두어야겠다는
생각이 들던 풍경이
몸을 드러내었다

아직도 혼자다

죽을 때도 웃으며 가야지

네 발이었을 때에는 식욕에 굶주린 사슴처럼 울어대고,
두 발이었을 때에는 그 자신들의 웅장한 성을 쌓기 위
해서, 앎을 쌓기 위해서, 자기 세계를 위해서, 자기 자식
들을 위해서, 자기 名譽를 위해서, 자기 生存을 위해서,

벌써! 세 발이었을 때에는 돋보기를 친구로 삼고, 지
팡이를 친구로 삼고 經綸을 친구로 삼고, 추억을 친구로
삼고

마지막으로 죽음을 친구로 삼는다 라고 하면서 아는데
알면서 모르는 것이 삶이라 살아야 비로소 웃는 마지막
이길 바란다

화두

굴러내리는 눈덩이가 커지기 전에 끌어 앉자
눈덩이는 녹아질 수 있으니
피하여 도망가면
눈덩이에 치여 죽나니

인생 또한 그와 같아서
외로움과 슬픔, 갈등과 아픔이 오면
신부처럼 맞이하자
결코 피하면 아니 되나니

2부

화두 2

모든 것에 참된 것은 없으니
참된 것을 찾지마라

참된 것을 찾는다 해도 그것은
참된 것이 아니다

진정 참된 것이 있다면
거짓을 떠나 있는 것일
뿐이다

나의 사랑은

하늘 구름 사이를 지나 깊은 나래를 펴고 멀리 한 점이
되어
　파랑새의 날개를 빌어 깃이 꽃이 될 때까지 공중의
　한 점이 되어 길을 내는 중에 붉은 마지막 노을에 타오
르는
　대지의 한 점으로 잇는 발화점이 되고 싶다

파랑새 1

파랑새가 나의 마음에 둥지를 틀었을 때 나는 파랑새
의 무게를 느끼지 못했다

떠나간 파랑새가 앉았던 내 속에 그 자리는 커다란 블
랙홀이 길을 열었다

공중을 오르던 점도 사라졌다 노을도 사라졌다 발화점
도 사라졌다 어딘가 둥지를 틀고 살았으면 싶다

파랑새 2

눈먼 새 소리가 들리면 파랑새가 창틀에 앉아 지저귀
는 것이라고 믿고 싶었습니다 갇힌 소리는 집안에만 있
던 여자아이에게 아무도 찾지 않은 것처럼 매일 푸드덕
거리며 찾아온 새가 기꺼운 것처럼 고맙다는 생각들이
들었습니다

해 뜨는 자리에서 찌르르 찌르르 목청이 잠길 때까지
눈먼 새와 눈먼 여자아이에게 소리가 지워지지 않는 상
처가 될 것이라는 생각을 하지 않게 되었습니다

파랑새 3

동화적 요소를 지닌 시어를 쓴다는 것은 불혹을 넘은 나이에 파랑새를 찾지 못하는 이유고 빵부스러기를 놓고 지나가다가 길을 잃어버린 것과 같고 신이 보여준 흰 손수건이 기도 중에 임재한 것과도 같은 것일 것이라고 믿기까지 헨델과 그레텔의 환영은 계속되었다

정화작용

황량한 벌판에 예쁜 들꽃 하나 피어 있었을 무렵 주변의 가시덤불이 있었네 벌이 날기에는 천라지망 사랑은 잇닿기가 어려웠지

눈물은 세제와 같은 것이라고 누가 말했지 옷감에 찌든 때와 속 때를 씻어주는데 눈물은 마음에 묻어둔 아픔, 슬픔, 시련, 세상에 무거운 짐들을 한꺼번에 표백시켜준다고 말하기까지

길은 찾을 수 없었지 그렇다고 희망은 없는 것이 아니여서 나의 사랑은 더듬이가 생길 때까지 기다려야 한다는 것을 배운 것뿐인 것을 부정할 수 없었지

묵은 사랑이야기

노랫말처럼 읊조렸다 가을이었고 단풍나무 숲속으로
걸어가는 중이었고, 마른 나뭇잎도 밟았지

물소리는 오솔길을 지나는데 리듬을 선사했다 섬에 가
까워지고 있는 깊고 깊숙한 숲속에 아름드리한 천년지기
은행나무 주변에서는

숨은 천년의 이야기들이 있었다

친구의 생일을 축하하며 쓴 시

　오늘은 갓 성충의 껍질을 벗는 날 촉각을 세우는 더듬
이 세계에 대한 관조의 눈겨드랑이 밑에 돋는 스무 번째
의 껍질을 벗은 날개 둘 어둡고 답답한 껍질 속을 두드려
황홀한 공중에서 배회하는 아름다운 모습이 나에게 꿈이
되었으면 좋겠다

바보 같은 놈

   넌 바보 같은 놈이여 앞에 두고도 좋아하는 맘도 드러
내지 못하고 꼭두선 마음 하나 잡지 못하고 그 사람 뒷전
에서 말도 못하고 바라보기만 하는 넌 바보 같은 놈이여
사랑은 그런 것이여

비가 내리고 있었다

빗물이 하나 내 마음처럼 흐르고 멀어진 사람을 향해 아직도 남는 미련은 어둔 저녁을 지키고 있었고, 비는 서너 방울씩 굵어지고 있었다

곧 맑은 하늘 가장자리에 햇살이 들어서고 있었다

사랑은 미련이 시작점이다

짙은 어둠 속에 유리로 된 방에 들어서 한가운데 앉아 있다 밖은 억센 빗줄기가 잦아질 줄 모르고 있다 눈물처럼 무겁게 창밖에는 빗방울이 흩어지고 있었다

맺힌 것과 흩어지는 것은 자국이 남는다 불빛에 보석처럼 빛나며 작동되어지는 것은 선명한 그리움 비늘 같은 것

모성애

힘들고 외로울 땐 눈물이 자연스럽다 삶이 고달프고 생활이 무뎌질 땐 흘린 눈물이 새로운 각오의 축대를 세운다 어머니의 눈물은 그렇다

작동의 프로세스는 단순하다 연상이 되자 흘리는 눈물 샘의 주인은 모성애인지도 모르겠다는 생각이 들었다

3부

고백

가을 바람이 나뭇잎들을 물들일 때에는 신의 손길이
임재한다고 생각한다 물들일 때마다 내 마음의 동요가
그늘을 만든다 상대성의 원리도 이러할까 라고 물은 적
이 있다

그 사람은 아직 나의 신이 임재하지도 손길을 건네지
도 않았나보다

디딤돌

버팀돌이고자 했다 먼 길을 넘어갈 수 있는 사랑 하나
를 바랐다
사랑이 버팀돌을 넘어서면 긴 여정의 디딤돌이 된다는
것을
몇이나 맛을 보았을까?

쌓이는 고통만큼 두려움을 이겨내는 버팀돌은 불가피
한 삶의 여정에 걸림돌이라는 것을 알게 되었다

할미꽃

맑고 청순한 햇살에 주름진 얼굴이 마주하고 있다 살아
온 여정이 향기가 나고 아름다움이 속으로 깊은 포근함

할미꽃방 속에는 귀한 씨앗이 자라고 있음을 배운 게
얼마되지 않는다

짝사랑

사랑하는 당신을 하루라도 못보고 싶지 않아서 저 먼 인도의 설산에서 가져온 열병을 앓고 있습니다

처방전에 없는 복받치는 눈물도 울음을 참게 하는 미약인줄 몰랐습니다

치료는 당신이 할 수밖에 없습니다 가장 귀하고 아름다운 당신의 눈길 속에 번지는 웃음꽃이면 됩니다

밀월의 끝

밀월 여행을 희망했다 목적은 누구나 아는 것 각자 다른 인식은 당신의 허상에 관한 것이요

서해 바다에 이르러서야 당신을 향한 마음을 내려놓습니다

가슴 깊이 묻어둔 사랑

내가 좋아했던 사랑은 이별이었고, 가슴 깊은 곳에 묻어둔 사랑은 깊은 절망이었더이다

그러므로 당신을 떠나보낼 시간을 갖게 되었고, 여운은 이 세상 어디에도 없는 순정만을 남겼소

서천 바다에 소풍 가던 날 등 밀고 가던 바람에 떠밀려 해풍이 되었을지 모를 당신을 기억합니다

간보기

셀 수도 없는 별들에게는 크기 다른 아름다움이 살고 있다 별마다 흔적들이 있고 한 번쯤 내게 숨길을 나누어 준 별들도 있었다

떠나가는 것들 중 잠시 머물던 것들이 있었고, 결국은 하나만 남았고 하나만 떠나갔다

창가

어두운 창가에 담긴 불빛처럼 뽀얗게 얼비친 당신
왜 그리 고아보이는지

 별빛처럼 빛나는 것은 환영 , 한참만에 만난 여윈 당신
에게
 따스한 햇살이 다가가는 것을 보고 질투라는 것을 했
나보다

 봄볕에 내어놓은 보리밭 왜 그리 순결하게 보였는지
모른다

원망

기억이 왜 엷어진다는 것이지? 너를 생각해서인가
혼자만의 외길을 걷는 사랑이라 그런가

  항상 기억 속에 맴돌며 낯익은 자리에 서 있는 것을 보
았는데
  흐릿하게 보이는 내 속이여서 그런가?

  누군가를 미워하며 살면 잊혀지지 않겠지?

너를 향한 생각

상념이 흩어진다는 것은 추억의 한 페이지를 훔쳐보는 것

처음 느낀 그대로를 텃밭이 보이듯 보여지는 것

뭔지 모를 억울함의 미묘한 감정이 복받쳐

너에게 할 말을 하지 못하고 삼키는 중에

나는 너를 잊은 줄 알았다가 그렇지 않았다는 것을 알 게 된 사소함

겨울비

창문 밖을 보지 말아요 겨울비가 유리창에 얼룩져 얼어있어요 침묵 속에 내 속에 두려운 허상처럼 파스칼의 은은한 색채로 떠오른 진실

많은 시간을 연구에 몰두하며 잊으려고 잊어보려고 노력하지 않은 것은 아니에요 자꾸 떠오를 때는 바로 공허하고 허기진 때

아직은 미움이 덜했나 봅니다 내게 주어진 장애도 멈춰 있듯이

담담한 사랑

그릇을 준비할 거예요 당신에게 나누어줄 사랑을 담을
크기는 상관없어요 당신은 새어나가지 않을 뚜껑을 준비
해 주세요 바다가 하늘을 품고 하늘이 바다를 향해 몸을
던지듯이 잔잔하게 여울이 지는 무심함도

스무 살의 초상

그렇게 끝이 나더군요 유리가 깨지듯 술로 지새웠던
치기의 미련한 자화상도 사랑의 묘약으로 받아들이기에
는 너무도 가혹한 나이

이제는 불면의 밤은 없다

4부

푸념

고향 처마 밑에 사는 제비가 되어 푸른 허공을 가르며 도착한 고향 예산시장 어디쯤을 향한 반추는 한 권의 눈물 나는 시집이 될 것 같습니다

젊음을 덧없게 하는 계절을 배웅하며 돌아서 들이키는 약수물처럼 금간 손금을 메워주듯이 지난한 삶의 통섭에 이르게 하는 숨은 사랑이야기가 절창이 되는 한 권의 시집이 되시는 것은 어떻습니까?

먼 길

실연으로 엮은 실타래는 집착이 얽혀있습니다 가까울
수록 분별력이 흐려지는 허물들이 가득한 몸통이 사라진
그리하여 스스로 원근을 유지하는 동공이 풀린 우물 안
의 내 눈은 극복하지 못하고 중이 싫어 떠나는 절처럼 그
렇게 나는 한동안의 여행이 필요한 위에 있을 수밖에 없
는 풀꽃

내 의지

나의 무기력함은 하루가 아니라 반복이다 의지력 하나
에 기대어 지탱한 삶은 치명적일 수밖에 없다 육체적 고
통은 작은 바이러스에 해당한다고 보여진다

나에게 육체는 성충을 위한 허물을 벗듯이 지나치는
과정에 지나지 않는다고 믿었다 결코 죽음이 사소하지 않
는 것처럼 하지만 지나칠 수 없는 인과물처럼 그러하다

안팎

창문 밖은 저렇게 봄바람에 휘청거리는데 나뭇가지들은 얼마나 어지러울까 싶어서 창문 안에 있는 나는 따뜻한 방안의 기온 속에서 책과 음악을 즐기고 있는데 왜 나의 뿌리가 흔들리는가 송두리째?

물아일체

칠갑산을 걸터앉은 부연 안개 속의 실체가 나라는 것을 아는 사람은 그리 많지 않다

막연한 기운이 정기처럼 느껴지는 살의 실루엣 소리도 같으니 실체도 같을 뿐 누가 부정하겠는가 지금을

사랑

왜곡된 내 외면과 사람도 집도 간간이 들리는 목소리 분명한 것은 도피는 아니다

나는 태어남을 부정하고 있는지도 모르겠다 불혹을 지나 사람 냄새가 그리운 동자승처럼 들리는 소리가 눈이고 웃음이고 모습이여서 행함이 꽃이었으면 싶어서 지성소를 지나칠 때마다

그리워하고 있다 첫 마음을

스무 해의 바람

　바람은 회기성이다 서서히 내게로 오는 우주의 이론 빅뱅처럼 사랑도 그러하다 이별은 직선이다 세포를 가르는 주삿바늘처럼 깊다 상처가
　맨홀처럼 깊은 잇닿음 나의 사랑은 늘 이별에 닿아있었다

새벽

　새벽 2시다 안개가 짙게 깔린 운동장을 가로지르는 중
에 감흥이 왔다 안개처럼 주변에 깔려 있는 보이지 않는
기운은 관계다

　사랑은 그 관계의 천라지망에서 이루어진 마지막 행위
의 전 단계다 가까이 있어도 느끼지 못하는 그곳에서 벗
어나 떨어질 수 없는 매너리즘의 전단계 블랙홀

반응 없는 고백

나의 장애로 진실은 왜곡되고 있을 수 있다는 것은 별자리를 몰라서 벌어지는 계절의 암시를 착각한 것처럼 그나마 약하고 여렸을 그 자리에서 살얼음 녹듯이 녹아 버렸습니다

사랑하는 사람은 언제쯤 나의 사랑에 반응이 올 수 있을까요 라고 물은 그때가 가장 어리석은 이별이 작동됨을 알게 되었습니다

나의 마음은 문풍지처럼 울고 밖에는 아직 서설이 가득한 마흔 해를 지나고 있습니다

몽유도원도

그 누가 스친 바람에도 상처를 입은 나의 기다림을 회복시켜 줄 수 있을까 잔디에 누워 바라보던 밤하늘 잠긴 꿈길을 열고 서럽게 울며 절망적인 비극이 주인공으로 살아났던 기억의 나

알리바바의 양탄자를 타고 사막의 끝으로 다시 다가서는 몽환적인 새벽이 마주한 곳에서 태양이 떠오르고 있었다

결혼의 유혹

그대를 유혹하기 위해 나는 창문 밖에 어둠을 향해 한
줄기 가로등이 되어 서 있을지도 모릅니다

눈길을 열고 들어서는 당신은 나의 신비한 웃음에 젖
어 손짓하는 대로 다가섭니다

영혼은 깊은 허물을 벗고 순정한 마리의 품으로 왜곡
된 신체가 바로 펴지며 당신과 함께 미소짓습니다

5부

마음의 문자

간혹 가장 존귀한 문자를 상상합니다 방백처럼 울리는
내면의 소리

뜨거운 눈물이 길을 내는 눈을 감을 때마다 펼쳐지는
선율의 시각화

암각화처럼 그려진 나의 사랑의 지도

넋두리

나는 전생에 사슴이었나보다 라는 생각을 했습니다

길디 긴 목과 얇디 얇은 다리 무서움과 두려움이 드러
나는 눈

푸른 초원을 노닐던 나는 어느 따사로운 숲속에 옹달
샘에 담긴

별을 먹지 않아서 장애를 앓고 살 수밖에 없는 고통 속
의

오늘을 사는 삶이 되지 않았을 것을

봄에 안기어

노오란 개나리는 봄의 상징이 되었지만 아직 이른 뿌리는 깊은 동면을 하고 있는 백설공주의 저주를 가졌다

가지런히 놓인 신과 맨발로 하늘거리며 걷는 나들이 금잔디 위에 부신 햇살이 나른한 오후로 나를 압도하는 것이다

푸른 꿈은 그곳에서 산다 호수에 가득한 백조들의 무리처럼 영근 아련함이 사랑이라면 나는 좋겠다 죽어도 좋겠다는 생각을 하였다

봄비

　어질고 모진 것은 인식의 차이처럼 투명하게 드러난다
전령처럼 신은 사뿐하게 사계절을 앞세우며 기억이 새록
거리며 돋아나는 잔디처럼 하늘에 구름 한 점 놓아두고
갔다

나의 길

길에 서려면 한복판에 서라 위로는 구름 한 점 없고 바람은 소소하게 분다 머리카락은 미풍에 맡겨도 좋다 바람은 등을 밀어 나를 향하게 한다 당신에게 가려면 나의 수줍음의 실현성이 부족해서 그런지 모른다

머리숱은 빠지고 지쳐가는 육체를 지탱해줄 근력도 무기력해지고 하루가 버거워 지친 오늘 길 위에서 잠시 머뭇거리고 있었다

추억

봄비를 맞는 것은 착시현상이야 벚꽃 길을 걸으면 얼굴에 약간씩 다가서는 비는 당신이야

둘이 걷는 길은 행복이지만 혼자 걷는 길은 형벌이야 만나고 헤어지는 것은 기억에 없지만 모호한 내일을 위해 고민할 필요가 없어

당신은 빗속에서 혹은 벚꽃이 피는 날이면 환영처럼 살아오고는 해 이것은 이별 속의 모르스 부호 같다는 생각이 들어

그 자리에

드문드문 엷은 구름들이 있고 사람들은 산책을 하는 것을 보고 나는 깜깜한 방구석에 누워 슬픈 선율에 취해 스스로를 위로하고는 했지

머리는 잡념으로 가득한 채 눈꺼풀은 무거워지고 스스로를 돌아보는 시간이 귀한 것을 알지 못했지

잠깐 좋아했던 사람들 아니 나만 이성으로 생각했던 때를 돌아보면 푸른 호수가 있었고 차창에 깃든 바람이 향기가 났지만
아직 길 위에 되돌이표

당신의 기억

라디오에서 들려오는 노래를 들으면서 문뜩 당신 생각
이 들었습니다 신승훈을 좋아한다고 말하던 당신 가끔
8090을 떠올리는 지금도 당신을 생각합니다

노랫말처럼 전달되는 느낌의 동질감은 산행 중에 건너
던 개울 같습니다 보고 싶다는 것은 마음이 울리는 것 그
것이 우주음처럼 번져서 당신에게 닿는 것

어느덧 우리는 그렇게 이해되고 있습니다

황금충

문득, 새벽에 창문 틈 사이로 힘들어 하는 바람 소리를 듣고 상념들이 부스스 햇살처럼 해살거리며 기어 나오고 있었습니다

거칠게 분산되는 황금충들이 자던 나뭇잎들을 구멍을 내고 있었습니다 소스라치게 놀라 바라보는 내게 다시금 간지러움을 일으키고 있습니다

당신과 나의 원근에는 이렇듯 돌발적인 신호로 피부에 스물거리는 관계를 맺고 있었습니다

마음의 창

　버스 창에 포말처럼 부서지는 빗방울을 보며 당신이
떠나가던 날에 나의 눈가에 서린 눈물을 기억하게 되었
습니다 얼굴은 이미 기억나지 않지만 희미한 당신의 얼
굴을 되새기고 있지만 나는 나의 천형에 귀를 기울이며
당신이 주던 축복과 웃음을 줄 때의 심장의 박동을 기억
하기에 가끔 호젓한 길을 걸을 때 파동으로 찾아오곤 하
는 순간에 감사합니다

반추

장애는 나에게 장벽에 불과했고, 수많은 격려와 수많
은 희망과 좌절 사이에 묘한 쾌감을 느끼게 하는 기질이
되었다는 것을 알기까지는 성실과 노력이 필요했습니다

사회적 이성의 장벽은 너무 높고 두꺼워 처절하게 허
물어지기도 했지만 허물어진다는 것은 새롭게 구축할 수
있다는 희망이 되고는 했습니다

매일 아침이면 풀꽃처럼 하늘거리는 바람에 밀려 출근
을 합니다

자화상

거울 속에 힘없이 앉아 있는 고흐의 그림은 나의 자화
상이요
　몰골에 귀한 짝이 없어도 사람의 눈빛은 명징하여
　삶이 동물적 본능에 충실할지라도 오늘을 잘 견디고
있소

　몸뚱어리는 왜곡되었소 초라할 대로 초라하고 멍한 눈
으로 거울을 바라보고 있지만 스스로는 명징하오

　그려지지 않는 자화상 내 자화상은 진행형이요

풀꽃이 그러했듯이
그는 바람보다 먼저 일어섰다

박재홍 | 시인 · 《문학마당》 발행인

　이동준 시인의 시집 『가을과 겨울 길목에서 너를 그리다』는 걸어온 길과 되돌아보는 길의 어중간한 절반의 이정표에서의 20살의 열정과 도전들이 마치 속살을 드러내듯이 객관화되어 산재하여 있다.

　이동준 시인의 작품은 모양새와 작가의 재능을 드러냄에 있어 신앙심, 어머니, 젊은 청년의 이성적 뜨거움이 개성이 되어 잘 드러난다. 무릇 감정이 움직이면서 언어가 형상화되어 문장이 나타나듯이 숨겨진 사랑이 구현되기까지 이동준 시인의 시는 평범함 속에 비범함이 숨고 강함이 부드러움 속으로 숨는 그것을 재능이라고 볼 수밖에 없는, 서투른 시처럼 보이나 맑고 투명함을 전해주는데 감동이 있다.

가을과 겨울 사이에서 벼 한 톨이 숙성되어 영글어 갈 때
를 보라
숙연해진 내 머리 위로 행간이 떠오르며 바람처럼 지나간
다

길목에 서서 계절의 틈새가 망연하게 보인다
　　―「길 위에서」 전문

단 한 마리 물고기만이라도 헤아려주는 마음이 있어 눈물
을 흘려준다면 바다에서 정화된 햇살 같은 심장이 뛰는 소
리를 들려주는 하늘의 배려라는 것을 당신, 어찌 알겠는가
　　―「바다의 마음」 전문

이동준 시인은 만 42세의 지체장애1급 장애인이다.
한국과학기술원 정보통신공학을 전공한 박사를 수료하
고, 농촌진흥청 국립농업과학원의 농업연구사로 재직하
고 있다. 그 외 다양한 경험은 사물에 대한 깊은 철학과
이해, 그리고 신앙은 위 시편들에게서 보여지는 문학작
품의 경계가 구름처럼 속이는 것처럼 다양하고, 문체의
아름다움은 모양이 속이는 것처럼 다양하다고 볼 수 있
으나 문장과 논리가 평범하고 뛰어난 것은 재능을 뒤집

을 수 없는 것과 같다는 유협의 논리에 부합한다고 하겠다.

하늘이 울음을 터뜨리는 날 억세게 나도 화를 내었고, 시선 속에 거하는 모든 만물에게 경음을 통해낸다.

번쩍과 으르렁이 인간에게 번뇌를 되새김할 수 있다고 말하는지도 모른다 구름과 구름 사이에 맑고 순전한 눈물을 퍼부어 내듯이 쏟아낸다.
　　—「천둥」 전문

스스로의 유년에 멈춰선 한 아이의 아픔이 예산시장 골목에 맴돌고 있다.

서로가 얼비치는 철길처럼 시간이 흘렀고, 꿈도 스스로 자라 서로의 꿈에 평행하게 간혹 마주한다.
　　—「향수」 전문

詩(시)는 실과 얼개로 직조되어 짜여지는 삶의 천라지 망과 같다. 시인 개개인의 개성에 따라 작품이 만들어지는 것이다. 작가의 작품은 작가의 개성이고 얼굴이다. 라는 전제로 이동준 시인의 작품을 들여다보면 성품이 온화하고 따듯하다는 느낌을 지울 수 없다. 일체의 형태가

자신을 중심으로 안에서 밖으로의 심미적인 형상이 드러
난다. 그것은 금번 시집의 특성상 첫 시집이기도 하고 유
년의 기억 속에서 갖은 이별과 수줍음, 말은 하고 싶으나
고백을 하지 못한 비늘이 하나 감춰져 있기 때문이라고
보여진다.

위 「천둥」과 「향수」 두 편의 시는 강함과 유순함 의미
가 깊고 얕은 것 유협이 말하는 체제와 격식의 관습이 잘
드러난 작품이었고, 살아온 과정의 체성이 아닐까 싶다.
또한, 다음의 시를 통하여 그는 용기를 내어 자신을 객관
적 시각으로 반추하고 있다.

마음의 싹이 움트고 있다는 것을 알았다 자신감이라는 비
료와 고집과 아집이라는 영양분을 만들어 썩어야 비로소 태
양이 나타나듯이 나의 짐은 호두처럼 딱딱한 껍질 위에 스
폰지처럼 부드러운 살을 덮고서 있는 자격지심을 흐르는 물
에 불려 벗겨버리고 딱딱한 골을 깨뜨려 볕 좋은 날 말리고
싶다
　―「용기」 전문

가을에는 가로수 사이에 숨었다 피는 꽃처럼 하늘거리는
연인이 살아온다 추억이라도 좋고 가련한 실패사의 연애담
이라도 좋다

가지에 매달린 나뭇잎들이 제 색의 빛을 발할 때 선연한
진실이 드러나는 이야기에 대하여 더 이상의 궁금증은 없다

가을이 오면 거리에 사람들은 원기 충전을 위해 잠드는
마법이 통하지 않게 하는 불면의 어둠을 내어놓는다

가을이 오면 다음을 기약하기보다는 오늘에 절망하는 관
습법적인 유전적 정보가 있다
　—「가을의 유전」전문

이동준 시인의 작품을 들여다 보면 고전적인 사랑의
전아함이 드러난다. 그리고 깊은 자신의 내면에 대한 외
경과 내경에 따른 순수함이 들여다 보인다. 뿐만 아니라
밝고 사리에 맞다. 또한, 복잡하거나 번다하지 않다. 화
려하거나 웅장하지 않고 그 나이에 걸맞은 생각과 이성
에 대한 그리움이 묻어난다. 그뿐이 아니다. 천주교적 사
유체계에 의해 묻어나는 맑은 기운이 생동한다.

아무리 나에게 무겁게 짊어져야 할 짐이 있다고 해도 곧
은 적송처럼 꼿꼿하게 서 있을 것이라고 다짐하였습니다

세상이 나에게 아무리 엄한 눈길을 주어도 담담하게 마주
하여 있을 것을 생각하였습니다

고통은 꿈을 외면해도 용기는 굵은 장대비처럼 오늘을 살
기에 나의 다짐은 실존적이요
　　―「세상이 아무리」 전문

"세상이 아무리" 나에게 짐을 짊어지게 하여도 적송의
성품을 닮겠다고 선언하고 아무리 세상이 엄한 눈길을
주어도 장애를 향한 사회적 편견에 맞서 견디고 담담하
게 수용하며 고통이 꿈을 외면해도 용기는 굵은 장대비
처럼 오늘을 견디는 실존적 다짐이라고 말하고 있다.

　　네 발이었을 때에는 식욕에 굶주린 사슴처럼 울어대고,
　　두 발이었을 때에는 그 자신들의 웅장한 성을 쌓기 위해
서, 앎을 쌓기 위해서, 자기 세계를 위해서, 자기 자식들을
위해서, 자기 名譽를 위해서, 자기 生存을 위해서,

　　벌써! 세 발이었을 때에는 돋보기를 친구로 삼고, 지팡이
를 친구로 삼고 經綸을 친구로 삼고, 추억을 친구로 삼고

　　마지막으로 죽음을 친구로 삼는다 라고 하면서 아는데 알
면서 모르는 것이 삶이라 살아야 비로소 웃는 마지막이길
바란다
　　―「죽을 때도 웃으며 가야지」 전문

사람은 누구나 한번은 영면에 든다. 하지만 죽을 때 웃을 준비를 하는 사람은 드물다. 마흔 해를 갓 넘긴 시인의 심상에 죽을 때 웃을 수 있는 스스로에 대한 준비는 검사가 검을 앞에 두고 한번에 '일도필살'을 생각하는 것처럼 시인이 시를 마주한 자세이기도 하다. 그런 준비를 하는 시인의 삶은 더욱더 절박하고 오늘이 마지막처럼 인식되는 철학적 사고를 드러내고 있다.

> 굴러내리는 눈덩이가 커지기 전에 끌어 앉자
> 눈덩이는 녹아질 수 있으니
> 피하여 도망가면
> 눈덩이에 치여 죽나니
>
> 인생 또한 그와 같아서
> 외로움과 슬픔, 갈등과 아픔이 오면
> 신부처럼 맞이하자
> 결코 피하면 아니 되나니
> ―「화두」 전문

시인이 말하는 인식은 위 시에서 스스로 드러내고 있다. 맞서 싸우는 삶이 아니거든 결국 스스로 쓰러질 수밖에 없으니 맞서 싸워야 하는 의지를 드러내고 있다. 이미 시인에게 천라지망으로 압박해 드러오는 사회적 편견이 이성 간의 사랑 종교심 사회적 인식 등 왜 그렇지 않겠는가?

> 하늘 구름 사이를 지나 깊은 나래를 펴고 멀리 한 점이 되어
> 파랑새의 날개를 빌어 깃이 꽃이 될 때까지 공중의
> 한 점이 되어 길을 내는 중에 붉은 마지막 노을에 타오르는
> 대지의 한 점으로 잇는 발화점이 되고 싶다
> ―「나의 사랑은」 전문

이동준 시인의 '사랑'은 관념적이나 역설적으로 현실적 딜레마를 부정하지 않는다. 자신의 불편함이 추상적인 '하늘' '구름' '한 점' '파랑새' '날개' '꽃' 등이 길을 내고 마지막 노을처럼 타오르는 발화점이 되고 싶은 인간의 원초적 욕망이 잘 표현된 시라고 보여진다.

그만큼 뜨겁고 절대적이고 순정적인 시원을 그려내는 상상력과 불편한 사회적 편견이 만들어낸 근원적인 왜곡과 인권에 관한 질박한 현실을 인정하는 그의 마음이 얼마나 고즈넉한 것인지 여실하게 드러난다.

동화적 요소를 지닌 시어를 쓴다는 것은 불혹을 넘은 나

이에 파랑새를 찾지 못하는 이유고 빵부스러기를 놓고 지나
가다가 길을 잃어버린 것과 같고 신이 보여준 흰 손수건이
기도 중에 임재한 것과도 같은 것일 것이라고 믿기까지 헨
델과 그레텔의 환영은 계속되었다
　　—「파랑새 3」 전문

비유가 단조롭고 부박하여 번식이 약한 것은 사실이나
그 순정이나 깊이는 시의 솔직함과 질박함 그리고 대상
에 대한 맑은 기운과 읽는 이로 하여금 반추하게 하는 유
년의 추억을 볼 때 참으로 명쾌하게 솔직하다. 시를 쉽게
쓴다는 것은 이동준 시인의 자신의 체화된 언어라는 관
점에서 보면 좋은 현상이다.

이동준 시인은 기질이 침착하고 조용해서 뜻을 숨기는
깊이가 있다. 문장이 간결하고 시의 체가 맑다는 것을 보
면 장차 시인으로서 무한 가능한 잠재력을 가졌다고 볼
수 있었다.

노랫말처럼 읊조렸다 가을이었고 단풍나무 숲속으로 걸
어가는 중이었고, 마른 나뭇잎도 밟았지

물소리는 오솔길을 지나는데 리듬을 선사했다 섬에 가까
워지고 있는 깊고 깊숙한 숲속에 아름드리한 천년지기 은행

나무 주변에서는

숨은 천년의 이야기들이 있었다
—「묵은 사랑이야기」전문

이동준 시인의 사랑이 주는 마흔이 지나서 생각은 "숨
은 천년의 이야기들이 있었다"고 말한다. 인간적인 인연
에서 신의 보이지 않는 선택과 예비적 측면에 가까운 사
고로 전환되었다. 물론 그의 시적 변화도 그리 보인다.

짙은 어둠 속에 유리로 된 방에 들어서 한가운데 앉아 있
다 밝은 억센 빗줄기가 잦아질 줄 모르고 있다 눈물처럼 무
겁게 창밖에는 빗방울이 흩어지고 있었다

맺힌 것과 흩어지는 것은 자국이 남는다 불빛에 보석처럼
빛나며 작동되어지는 것은 선명한 그리움 비늘 같은 것
—「사랑은 미련이 시작점이다」전문

인연은 "맺힌 것과 흩어지는 것은 자국이 남고 그리움
은 비늘 같은 것"이라고 시인을 함으로써 시인 스스로
사랑을 완결지었다. 그 속에는 "모성애"도 포함이 된다
고 하겠다.

힘들고 외로울 땐 눈물이 자연스럽다 삶이 고달프고 생활
이 무너질 땐 흘린 눈물이 새로운 각오의 축대를 세운다 어
머니의 눈물은 그렇다

작동의 프로세스는 단순하다 연상이 되자 흘리는 눈물샘
의 주인은 모성애인지도 모르겠다는 생각이 들었다
 —「모성애」전문

이동준 시인의 기억 속에는 할머니와 노모의 사랑이
숨어 있었다. 그것을 그가 과학자인 만큼 인식구조도 프
로세스의 작동으로 보고 있다. 삶의 변환점에 놓인 불혹
의 나이에서 보는 사랑이 조금은 객관적이고 순응적인
측면에서 인생을 관조함에 있어 아름답다는 생각이 들었
다.

가을 바람이 나뭇잎들을 물들일 때에는 신의 손길이 임재
한다고 생각한다 물들일 때마다 내 마음의 동요가 그늘을
만든다 상대성의 원리도 이러할까 라고 물은 적이 있다

그 사람은 아직 나의 신이 임재하지도 손길을 건네지도
않았나보다
 —「고백」전문

인간이든 신이든 기다리는 것은 고통을 수반하고 있다. 내려놓는 것 자체가 처연하기 때문이다. 시인은 위 시를 통하여 신의 임재와 마음속에 그리움이 허상을 만든다는 것도 알고 있음에도 불구하고 인간이기 때문에 그리 행하여야 하는 실존적 자세를 갖고 있다. 사랑이 그런 것이다. 왜 그렇지 않겠는가?

　　맑고 청순한 햇살에 주름진 얼굴이 마주하고 있다 살아온 여정이 향기가 나고 아름다움이 속으로 깊은 포근함

　　할미꽃방 속에는 귀한 씨앗이 자라고 있음을 배운 게 얼마되지 않는다
　　—「할미꽃」전문

위 시는 숨은 그의 마음이 드러난 몇 안되는 수작이다. '사랑하는 이성' '성모마리아' '어머니' 이 모든 것은 여성성이 만들어낸 그의 현재다. 스스로 노력한 것도 있지만 사회적 편견의 부작위가 만들어낸 그의 이력 그리고 작품성에 녹아난 세상을 향한 긍정적 시선이 바로 그것이다.

　　고향 처마 밑에 사는 제비가 되어 푸른 허공을 가르며 도착한 고향 예산시장 어디쯤을 향한 반추는 한 권의 눈물 나

는 시집이 될 것 같습니다

　젊음을 덧없게 하는 계절을 배웅하며 돌아서 들이키는 약
수물처럼 금간 손금을 메워주듯이 지난한 삶의 통섭에 이르
게 하는 숨은 사랑이야기가 절창이 되는 한 권의 시집이 되
시는 것은 어떻습니까?
　—「푸념」전문

　그는 '푸념'을 통하여 들려줍니다. 이 시집의 의미는
유년의 사랑이 그리운 눈물로 얼개를 짜서 만든 덧없이
치열했던 삶이 사회적 편견과 화해하고 스스로 거두어
들이고 돌아서는 사랑에 대한 절창은 아니어도 한 권의
기록으로 남기는 과정에 대한 되물음이 곧 이 시집의 의
미라고 말합니다.

　하지만 이동준 시인은 포기하지 않습니다. 한편의 시
를 통하여 선명하게 스스로의 길을 내어놓습니다.

　길에 서려면 한복판에 서라 위로는 구름 한 점 없고 바람
은 소소하게 분다 머리카락은 미풍에 맡겨도 좋다 바람은
등을 밀어 나를 향하게 한다 당신에게 가려면 나의 수줍음
의 실현성이 부족해서 그런지 모른다

094

머리숱은 빠지고 지쳐가는 육체를 지탱해줄 근력도 무기
력해지고 하루가 버거워 지친 오늘 길 위에서 잠시 머뭇거
리고 있었다
　　—「나의 길」 전문

앞으로 길은 장애인으로서 투쟁하는 삶이 아니라 스스
로를 이겨낸 중심의 삶과 관조하며 즐기는 삶을 선택할
수 있다는 너그러움이 드러납니다. 장애로 인하여 스스
로 길 위에서 건강에 대한 두려움을 가지고 머뭇거리고
있지만 분명한 것은 스스로의 선택에 목적이 이끄는 삶
을 살겠다는 선언을 위 시를 통하여 하고 있습니다.

거울 속에 힘없이 앉아 있는 고흐의 그림은 나의 자화상
이요
몰골에 귀한 짝이 없어도 사람의 눈빛은 명징하여
삶이 동물적 본능에 충실할지라도 오늘을 잘 견디고 있소

몸뚱어리는 왜곡되었소 초라할 대로 초라하고 멍한 눈으
로 거울을 바라보고 있지만 스스로는 명징하오

그려지지 않는 자화상 내 자화상은 진행형이요
　　—「자화상」 전문

현실을 인정하며 살고 있는 직장인으로서의 회환과 장애를 갖고 사는 사회적 편견 속에 놓인 자신의 현상하지만 오늘을 이기고 살고 있는 자신의 눈동자는 명징하여 잘 견디고 있다는 것은 스스로 명징하다는 것이고 시인으로서 삶의 진행형을 알려주고 있다는 점이다.

　이동준 시인의 기질은 간소하고 평안해서 그 취향이 밝고 다양했다. 오래된 엔틱을 좋아하는 사람의 특유의 통하는 것이 많아서 생각이 고르고 시를 대하는 태도가 치밀했다. 드러나는 것과 마음은 부합하는 것이니 앞으로 그의 장도가 이 첫 시집을 기화로 큰 성장이 이루어지길 바란다.